KB199429

집 없는 집

민음의 시 ● 332

집 없는 집

여태천 시집

민음사

자서(自序)

오래 살아남은 것들은
결코 낭비하지 않는다.
보기에 게으르며
종종 쉬거나
때맞춰 자고 있을 뿐,
거의 죽은 것처럼 보이지만
반쯤은 깨어 있다.

2025년 5월
여태천

차례

2부

3부

1부

네가 가난한 이 집의 영혼을 말리는 동안

늦었네.

겨우 한 뼘 햇살이 드는 창가에 서서
두 손을 말리며 너는
피곤한 듯 눈을 감고 있었지.
그게 마지막 인사인 줄 몰랐네.

몇 번이나 불렀을까.
하긴 이름도 모르는데,
대답도 없이 등지고 있는 네가 보였어.
반쯤 열린 서랍 속에 어지럽게 놓인 하얀 봉투들
내려다보고 있는 네가
거기 저만치
서 있었지.

아주 조금만 더
적막의 시간을 견뎠다면 정말 그랬다면
또 다른 아침을 볼 수 있었을까.
때를 맞춰 일어나지도 못했던 구제불능

밀랍처럼 마음이 굳어 갈 때도 간절했던 생각
그냥 아프지 않게
매달리는 법

함부로 손을 모아 본 적 없는데
이번만은
손과 발도 깨끗이 씻고 갈비뼈 위로 성호를 그었지.
사원을 닮은 집에서
아무도 모르게

미처 적지 못한 이야기를 누가 들었으려나.

창틈으로 이따금씩 비린내가 났지.
끊임없이 생각을 넘보는 바람의
혀가 몸을 핥는 것 같았어.
그리고 사이렌 소리
네가 살짝 눈살을 찌푸리는 게 보였지.

바람이 피부에 닿을 때마다 아주 조금씩 말라 갔지.

네가 천천히 쓰다듬어 준 하얀 내 얼굴
처음으로 사랑한 슬픈 내 얼굴
아무도 기억하지 않는 넓은 내 이마
그 위로 햇살 한 줌 내려앉았지.

이젠 정말 눈을 뜨려고 해도 뜰 수가 없네.

네가 가난한 이 집의 영혼을 말리는 동안
창밖엔 비가 내리고 있었지.
핀 줄도 몰랐던 율란
한 잎
한 잎
떨어져 내리고 있었지.

집으로 가는 길

이 도시는 안개로 유명하다.

내일의 삶마저 다 살아 버린 사람들은
안개의 집에서
안개와 함께
안개의 이불을 덮고 잔다.

분간하기 어려운
담과 집의 경계 사이로
재빠르게 달아나는 안개의 꿈들

옛날 옛적 흩어지고 부서진 돌들을 주워 모아
집을 짓고 집을 허물고 다시 그 자리에
더 높은 집을 세웠지만
안개에 파묻혀 아무것도 보이지 않는다.

길은 멀고 앞은 어둡다.

안개의 막을 미처

빠져나가지 못한 어린 영혼들이 있는지
알 수 없는 소리가 개울 가까이서 들린다.
비명인지 울음인지 들릴 듯 말 듯
앞서가는 순례자들 발이 보이지 않는다.

친구여,
그럴 때마다 이 도시가
커다란 묘지일지 모른다고 생각했다네.

입을 가리고
코를 가리고
눈마저 가린
사람들이 쫑긋 귀를 세우고 있는

이 도시는 오래된 것으로 유명하다.

새벽이면 동쪽 하늘의 계명(啓明)을 찾느라
여러 번 넘어졌다.

다크 나이트

이곳의 밤은 길고 어둡다.
이제 밤은 어떤 것도 보여 주지 않는다.

어둠 속에서는 들킬 위험이 낮지만
이곳에 머물려면
뭔가 더 필요하거나
뭔가 더 없어져야만 한다.

남은 사람들은 희망이 완전히 사라질 것이라고 말했지만
누군가는 부러진 나뭇가지로 검은 흙 위에 자신의 이
름을 적기도 했다.

빌딩처럼 수직으로 가만히 서 있는
연기 기둥이 여기저기 보였다.

떨어진 나뭇잎 하나를 손가락으로 집어 올렸는데
가루가 되어 흘러내렸다.
곧 사라질 것들이었다.
어떤 사물의 마지막 예가 사라지면

그것과 더불어 그 범주도 사라진다는 것을
사랑하는 이의 이름처럼

어둠의 빗물이 흘러내린 지 얼마 지나지 않아
빛나는 것들은 모두 사라졌다.
아이들은 빛나는 게 뭔지 모른다.

검은 혀로 바다가 자갈들을 천천히 핥는 소리가 들렸다.

다들 어디로 갔지?
어둠이 어둠에게 말했다.

집 아닌 집

문패가 없는 그 집에는 아무도 없었다.
말라 버린 국화 한 송이가 놓여 있었다.
안개 속에서 누군가 나오는 걸 보았다.
문을 여는 어떤 소리도 들리지 않았다.
멀리 불 켜진 가로등이 흐리게 보였다.
문 닫고 들어가는 소리를 듣지 못했다.
문패도 없는 집이 우는 소리를 들었다.

생각의 집

누구나 들어오라는 듯이
공중에 떠 있었다.

사위를 붙들어 맨 채
눈앞을 맴돌고 있었다.

관심을 가지면
더 단단해졌다.

때때로 사람들이 모여
공구리를 치고 있었다.

사각의 틀 안으로
회색의 질량이 쏟아졌다.

거푸집을 걷어 내도
무너지지 않았다.

별들의 집

죽으면 데려가 조각내어 돌로 만들어 주세요.

어제는 살고 싶었는데
오늘은 죽고 싶다는 세상의 어머니들

그 자식들이
서로를 죽이기 위해 얼마나 열심이었던지
얼마나 자주 오해를 했던지
집을 나가고
문을 닫아걸고
원망 때문에
두려움 때문에
흘린 피 같은 눈물이 은하수처럼 흐르고 흘러

이제는
먼지처럼 가벼워도 좋아요.
얼음처럼 투명해도 좋아요.
연기처럼 무용해도 좋아요.

사랑에 빠진 젊은 영혼이
두 눈 부릅뜬 짐승이었다가
고통으로 뭉쳐진 돌이 되기까지
길고 긴 사연이야 이제는 모두 잊어버리고 말았지만

그까짓 거 괜찮아요.
어둠 속에 곤히 잠자고 있는 한 줌의 불빛
돌로 돌아간다고 해도

겨울의 집

좀체 보기 힘든 함박눈 내리고
골목엔 조금 일찍 가로등 불이 켜졌다.

고지서가 손님처럼 기다리는
문 앞에 서서
까만 봉지를 내려놓고 그는
집요하게 쏟아져 내리는
눈을 올려다본다.

먼 나라를 그리워만 했던
그는 겨울사람이었다.

혼자 맥주를 마시며 오늘도
밤을 보낼 것이다.
침침한 눈으로 고지서를
보다 중얼거리다
졸 것이다.

봄은 한 번도

그의 것이었던 적이 없다.

시간의 집

벽에 걸려 있는 저 사람은 이 집의 주인이었다.
그는 이 집에서 이백 년을 살았다고 한다.
백 년은 산 채
백 년은 죽은 채
시간을 잃어버리고도 계속

순례자처럼 사람들은 이 집의 주인을 보기 위해
길게 줄을 서서
깊고 깊은 기도 속으로 끌려가듯 들어간다.

꿈에서 더 깊은 꿈으로 빠지듯
향기로운 시간을 따라
머뭇머뭇거리는 사람들

믿음으로 세워진 집은 만원이다.
집의 주인을 만나기 전부터
사람들은 발목 아래가 젖어 있었다.
벽에 걸려 있는 얼굴을 올려다보면서
희망은 그들의 것이 아니지만

못이라도 된 듯 한동안 서 있었다.

공전하는 믿음은 잃어버린 시간과 같아
신비하게도
눈가의 슬픔을 가리고 저녁의 빛을 더욱 밝게 한다.
그런데 신기하게도
믿음을 주머니처럼 매단 사람들은
문을 나오자마자 재빨리 점으로 흩어져 떠난다.

어디론가 휩쓸려 떠나가는 그들을 쳐다보며
주저앉아 퉁퉁 부어오른 발을 매만지며
너는 뒤늦게 울었다.

죽음은 아직 멀다.
멀리 굴뚝에서 연기가 피어오르는 게 보였다.

늙은 천사의 집

친구여, 기억하는가.
우리 함께 걸었던 그 희미한 길

안내판 지나 안내판 없는 곳까지 넋 놓고 걸었지.
어마어마하게 많은
이름과 이름 사이를
어디선가 본 것 같은 이름을
무심히 지나가며 봤던
하늘은 흐리고 바람은 차가웠으며
축축한 안개가 모든 길을 덮고 있었던

반쯤 창이 열린 길가의 집은
스치기만 해도 무너질 것 같았지.

기울어진 문 뒤로
손보지 않은 뜰 한쪽에는
사과 한 알이 막 추락하고 있었던 그 집
한 뼘의 햇살이라도 있었다면
그림 같다고 말할 뻔했던

바닥을 드러낸 연못에는
잠들지 못한 물고기가 헤엄치고
그걸 보고 체념 가득한 얼굴로 너는
언제든 떨어질 준비가 되어 있다고 말했지.

늙은 천사가 하품을 하는지
거미줄이 가늘게 흔들리고 있었던
어떤 장식도 이미지도 없는 집

친구여
이곳이 묘지일지 모른다는 생각을
혼자만 한 건 아니었지.

묘비명

졸음처럼 날아드는 글자들
애인처럼 도망가는 글자들

뭐든 많으면 좋은 거라지만
말이 많으면 거짓말이라지.
말이 많으면 빨갱이라지.
그런 말들은 언제나 무섭지만

친구여, 때가 되면 말할게.
저 많은 글자들이 어디서 왔는지를

때를 놓쳐 끼니를 걸렀을 때
몰빵하느라 길을 잃었을 때
문득 그런 생각이 들었어.
사람들이 질병 때문에 죽듯이
생각 때문에 죽기도 하겠구나.

그런 생각도 끝이 있겠지.
어디 끝이 없는 시간이 있을까?

울다 지치는 아이처럼
원수를 향한 분노도 지치고
자식 잃은 어미의 슬픔도 지치고
죽음을 목전에 둔 두려움도 지치겠지.

그런데 왜 모든 유언은 길가에 버려진 우산 같을까.

심장을 문밖에 내걸어 두고
거리에서 간신히 덜어낸 한 컵의 통증
오도 가도 못 하던 몸의 글자들이 갇혀 있네.

아무도 읽지 않을 글자들
시간이 버린 글자들
안 보이면 더 생각나는
내 것인 줄 알았던 그렇지만 아닌 것들
이제 제발 거두어 가길

텅 빈 지옥

아무도 없다네 아무도 두려워하지 않는다네.
우리는 우리 속에서 우리의 이름으로
부드러워진 악과 함께 웃고 떠들다 밥을 먹는다네.
뜨거운 피가 어떻게 굳어 가는지 아무도 모른다네.

밤이면 어느 희망의 집에서

아무렇지도 않은 것처럼
다가와 곁에 앉기를 기다렸지.

허기진 마음의 군불을 피우며
기다릴 수 있다면 기다리기로
그럴 수 있다면
몇날 며칠이라도
그건 언제나 좋은 일
잘하지 못해도 그냥 좋은 일

가만히 몸을 기대며
슬며시 마음을 내려놓고
들을 수 있는 가장 낮은 목소리로 이렇게 말하지.

친구여, 잠깐만

눈은 감은 채로
불편한 자세를 바꿔 가면서
꿈을 꾸는 일

마음이 달라도

그 모든 게 다 거짓이라고 하더라도
친구여, 하고 부르며
어딘가 있을 작은 도시의 낯선 이름을 생각하지.

별이 반짝이는 밤하늘을 보며
잠시 서로의 눈을 바라보며
눈 속의 영혼을 어루만지며
조용히 말하지.

친구여, 어디까지 갈 수 있을까?

오늘도 내일도
창백한 유황빛이 비치는
작은 희망의 집에선 누구도 잠들지 못하리.

꿈꾸는 일 그건
힘들지 않은 일

그건 어려운 일

어쩌다 그 집에선

나에 대해 아는 거 있나?
찻잔 속에서 느리게 회전하는 꽃잎을 보며
그가 묻는다.

눈을 떠도 마음을 열어도
아무것도 보이지 않는
고요한 몸부림 같은 것이

아무것도 안 하고 싶어.
사람하고는
아무것도 안 하고 싶어.
영혼을 영영 떠나보낸 사람처럼 그가 말한다.

아무것도 할 게 없는 곳에는
사람들이 향기를 찾아 평생을 떠돌아다닌다는
소문이 있다는데
시간은 어쩌다 재앙이 되었을까.

태어나지 말았어야 했어.

여기까지 오는 게 아니었어.
꽃잎 사이로 반쯤 비치는 달을 보며
이미 알고 있었다는 듯 그가 말한다.

덕을 많이 쌓으면 다음 생엔 가능하대.
그래 알아, 하지만
덕을 쌓는 건 어려운 일이지.

그는 이제 아무것도 묻지 않는다.

친구여,
눈을 뜨고 죽은 사람은 돌려받지 못한 것이 많다는데
그게 사실일까?

불빛 환한 집

좁고 가파른 산비탈을 내려서면
눈보라와 맞서고 있는 굴뚝이 보일 거야.

찾을 수 있겠니?

하늘로 솟아오르는 연기와 추락하듯 지상으로 내리
는 눈
시간과 무관하다는 듯 집은 버티고 있었다.

불시착한 외계 비행 물체처럼 윤곽을 알 수 없는 집
밖이 어두워지면 그제야 안쪽이
선명해지는 집

언제라도 돌아오렴.

그는 항상 다정했지만
떠도는 전자처럼 가벼웠지.

얼음 같은 문을 두드리자

둔탁하게 갈라지는 소리 들리고
인력을 역행하듯 천천히 문이 열렸다.

어서 와.

무게중심을 최대한 낮춰야만 간신히 감지되는
소리의 파동

이곳에선 모든 게 하나같이 무겁고 견고해.
이곳에선 모든 게 하나같이 낡고 흐릿하지.

테이블 위의 오래된 꿀단지
커다란 접시에 졸아든 수프
딱딱해져 뜯기 어려운 빵

흔들리는 의자를 남겨 놓고
그는 어디 갔을까?

그 후로 오랫동안 그 집에서는

영원한 구원을 찾으려는 사람들이
시린 발을 녹이려는 사람들이
어두워지면 붉은 지붕의 그 집으로 들어갔다고 해.

보이는 것과 할 수 있는 것 사이에
보이지 않는 것을 위해 불을 밝히고
할 수 없는 일을 위해 두 손을 모으고
오랫동안 스스로에게 말했다지.
괜찮다고

간혹 곁에 있는 사람의 따뜻한 손길 때문에
졸다가 흠칫 놀라는 일도 있었다지.
아무렴 어때
하지만 매일 아침의 빵 한 조각이
가느다란 목구멍으로 넘어갈 때마다 이름을 잊어버렸
다지.

무엇을 두려워하는 것만이
무엇을 지킬 수 있다는 듯이

품을 수 있는 데까지 멀리
팔을 뻗었다 웅크렸다 반복했다고 하지.
그러니 문제없다고

빵가루 같은 생각의 부스러기들이 차곡차곡 쌓여
더 이상 창문으로 그들을 볼 수 없었다지.

밤이면 어둠의 정령들이 달콤한 꿈처럼 찾아와
외로운 영혼의 의자를 흔들어 댔지만
초점을 잃은 그들은
사그라드는 촛불을 들고
눈을 감은 채
문을 닫고
하얀 날개를 잘랐다고 하지.

절망이 실낱같은 희망마저 끊어 낼 때까지
달음질치다 꼬꾸라지고 넘어지고
그래도 괜찮다고

스스로 일어설 수 없는 사람들이 되었다지.
돌아가야 할 곳이 없는 사람들이 되었다지.

흔들림 없이 평온한 곳으로부터
그 후로 오랫동안 아무런 기별이 없었다지.

집을 위한 엘레지

슬픔을 위해 집이 있는 것처럼
버리기 위해선 버릴 게 필요한 거라고
친구는 말했었지.

그래 맞아
이 고약한 아이러니

집을 위해 집을 떠났었지.
나는 모르는 하지만 내가
나를 떠날 수밖에 없었던 시간들을
생생하지만 기억나지 않는 시간들을
집은 기억할까.

나도 모르는 사이에
이 집에서 태어나 자랐고
이 집에서 죽음을 맞을 것이라고
잘 모르지만 끝내 알 수 없는 꿈속의 이야기처럼
친구는 말했었지.

그러고 보니

작은 화분에 연두색 싹이 하나둘 올라오고

지느러미를 달고 물고기가 수조에서 헤엄치고 있던

집에는 초록의 감나무 잎들과 막 잠에서 깨어난 고양

이가

울고 있었지.

창밖으로 소란스럽게 비가 내려 얼른 창문을 닫고는

손깍지를 하던 손 너머로 깜깜해지는 하늘을

쳐다보았던 집

그때는 확실한 손을 갖고 싶었는데

원하는 것을 가지지 못하고

이불 속에서 몸을 동그랗게 말고

해서는 안 될 일들을 생각했지.

아무렇지도 않게

죽은 사람들의 집에서

죽어 갈 사람들을 그리워하며

나는 눈이 빛났는데

볼 수 있는 게 훨씬 많았는데

왜 그것들을 제때 보지 못했을까, 물었을 때

외로움을 위해 집이 필요한 것처럼

집을 떠나는 것들도 있는 거라며

머잖아 멸망할 어느 문명의 뜰을 걷듯

친구는 말했었지.

쓰레기통을 뒤지나 거리를 헤매나 매한가지라고

시작은 했으나 끝을 볼 수 없는 모든 것들이 다 그런

것이라고

환멸이 떠나고 연민이 돌아오는

죽은 자들의 환한 꿈속에서처럼

언제나 밖에는

눈이 오고 바람이 불고 비가 흩뿌리지.

그래서 오늘은

약속처럼 차고 있던 시곗줄이 끊어지고

내일쯤이면 천장에 매달린 전등이 깨질 거야.

커튼이 단단히 햇빛을 가로막고 있는
숨 쉴 때마다 어둠을 잔뜩 부려놓고
꿈쩍도 않는 집

허기진 개처럼 집이
물고 놓지 않아도
언제 그랬냐는 듯 눈처럼 녹는 마음이 있고
또 보이지 않는 길을 떠나고 있을 생각들이 있지.

그렇지.
이곳이 집이라는 사실을 증명하기 위해
오래전 나는 나도 모르는 사이에
집을 떠났지만
나의 사람들과 나의 몸은 아직 그 집에 있지.

집으로 돌아오는 길

새벽 같은 초저녁이었다.
안개가 짙었다.

손으로 잡을 수 있을 것처럼
가까이 있었지만
서쪽 하늘의 장경(長庚)을 보느라
돌아오는 이유를 잊어버렸다.

짊어지고 나섰던 낱말들
버거운 시간들을 내려놓고
내가 알고 있는 가장 넓은 바깥을 생각했다.

보이니?

길이란 길은 하나같이
안개를 따라 흘러 떠내려가고
굴뚝 사이의 붉은 지붕 위로
하얀 비둘기들 날아오르는

뚜렷하지만 알 수 없는
아주 먼 나라의 그 집을 상상했다.

친구여
다른 이름을 가지기엔 늦은 걸까.

2부

어제까지의 시

흙비가 쏟아질 것 같다.

매달린 건지 추락하는지
알 수 없는

우리가 묶어 둔
두렵고 불안한 마음들

우리가 놓친
희망의 공허한 자물쇠들

잠시 흔들리더니
다시 잠잠하다.

오래전 우리는
술과 종교를 포기했었지.

밥을 먹다 말고

혼자 남은 식탁에서 식어 가는 음식을
누군가를 기다리듯 물끄러미 바라본다.

살아 있는 것들이 죽어 가도 모를 시간이다.

다니던 음식점 간판이
누군가의 이름이
사용하지 않는 몸의 근육처럼
슬그머니 사라진다.

동사무소 신입 직원은 누군가의 이름에 무심코 선을
긋는다.

털이 하나둘 빠지듯
몸은 사라진다.

와야 할 그는 오지 않고
누군가는 새벽 일찍 길을 나선다.
떠나는 사람에게도 남은 사람에게도

뭐든 겹치는
그래서 생기는 기억의 웜홀은 까마득하다.

따뜻한 온기가 순식간에 사라지는 것을
어떻게 견디라는 것일까.

메시지는 언제나 늦게 도착한다.
다가갈수록 한 발짝 멀어진다.

손님은 언제 오는가

사십 년 된 이발소 이발사에게
오 층 건물에 세 든 개척교회 목사에게
손님은 어디서 오는가.

오늘의 말씀이 나날이 진보하고
간판의 글씨가 점점 희미해질 때
달력의 그림과 함께
눈앞의 풍경은 한꺼번에 무너진다.

골목의 바깥을 오가는 얼굴들
노인이 머리를 기르고
여인은 생선을 굽는다.
함께 저녁을 지키는 얼굴들

언제쯤 저 상공에서 은총처럼
빛은 떨어지는 것일까.

무뎌진 가위를 쥐고 있던 손이
성경 위로 가지런히 올려놓은 두 손에게

〉 저녁의 난간을 돌아가는
　손님은 언제 오는가.

피도 눈물도 없이

한 사람이 울고 있다.
우산도 없이
비가 오는데
죽을 듯이 소리를 지른다.
영혼을 빼앗긴 것일까.

또 한 사람은 아무 말이 없다.
흙비가 내리는 밤
아스팔트에 머리를 박고
울음을 울음답게 하는 목소리가 들려도

한 사람이 죽겠다고 결심한 날
소리의 한가운데 서서
소리만 남은 길바닥에서
또 한 사람은 우산을 버렸다.

비가 오지 않아도
그는 귀를 의심한다.

환한 대낮에도
그는 솜으로 귀를 막고
길을 걷는다.

횡단보도

누군가 불쑥 옆구리를 찌른다.
몸속으로 말이 칼처럼 끼어들 듯

여기가 어디예요?

이미 건너간 사람의 목소리처럼
불러 세운다.

입에서 머리로 심장에서 발가락으로
살아 움직이는 것들처럼 시끄럽더니
신호가 바뀌자 아무도 없다.

다들 어디로 갔을까?

왼쪽 가슴 아래가 뻥 뚫린 조각상이
여전히 기다리고 있다.

뭔가를 뛰어넘는 일은 어렵고
하루는 저쪽으로 사라진다.

> 저 금을 건너야 할 시간이다.

갇힌 사람

라면 박스를 펼쳐 놓고
그는 말이 없다.
두 손은 가지런히 모은 채
그는 말이 없다.
오가는 사람들에 가려 보이지 않았지만
그는 자리를 뜨지 않는다.
침묵하는 자들이 세상을 지탱하고 있다는 듯
그는 말이 없다.
말을 하면 구원받지 못한다고 믿는 건지
그는 말이 없다.
버스를 타려는 누군가가 뛰어가고
큰소리로 누군가를 부르고
자동차 경적과 앰뷸런스 사이렌
소리에 갇혀 세상이 그를
잠깐 잊고 있는 사이
한 줌의 햇살이
그의 손안으로 빨려 들어가
잠시 고인다.
한 모금의 물

한 줌의 소금
고개를 슬며시 드는 것도 같고
무슨 말을 하는 것도 같은데
그게 말이야, 오늘이, 아니지, 그게 아니고, 안 들려
누군가의 목소리가 들리자
고개를 푹 떨구고
그는 말이 없다.
반 평의 세계가 어두워진다.

도망갈 곳이 없다

모든 게 분명해졌다.
밤이 끝나면 아침은 늘 그렇게 온다.

뭐지 그 표정은
왜 그렇게 웃는 거야?

겨우 일부만 살아남은 뭉개진 표정으로
기억에 의지한 채 묻는다.
안 봤으면 좋았을까.

힘드네.
목소리는 낯설지만
얼굴은 조금씩 분명해진다.
그 말을 듣는 건 누구나 힘들다.

어떤 거미는 사랑하는 이를 칭칭 동여매고 집어삼킨다
는데
서로를 알고 있다는 건 어디까지를 말하는 것인가.
그곳은 얼마나 멀리 있는가.

아무도 모르는,
끝나지 않을 것 같은 밤도
오지 않을 것 같은 아침에
지고 만다.

고개를 들어 거울을 보지만
삶은 언제나 힘에 부친다.

어제의 사랑이 씻겨나갈 것만 같아
칫솔에 물만 적셨다.

한강 철교
— 최정례의 「개미와 한강 다리」에 부쳐

플랫폼에 우두커니 서 있는 저 사람
급히 뛰었는지 머리가 헝클어져 있다.
한쪽 다리가 불편해 보이는데
어디로 가려는 걸까.

열차는 이제 다리를 건너는데
떠나지 못한 그가 다리 저편에 비스듬히
박힌 못처럼 남아 있다.

다리를 건너면서 알게 된 일
다리를 건너면 뭔가를 잊게 된다는 것
다리는 생각을 지우고
다리는 생각을 키운다.

알고 보니 이승만이 친애하던 국민 여러분을
헌신짝처럼 내팽개치고 줄행랑치던 다리
배알도 없는 이들이 여기만 건너면 살 수 있다고
이고 지고 끌며 건넜던
희망의 다리 원수의 다리

한국전쟁 중에 폭파당하고도 아직까지 멀쩡한 다리
아무렴 알고 보니 그 다리

이제 열차는 다리를 다 건너가는데

알 수 없는 어딘가에서 알 수 없는 어딘가로
하지만 모두가 안다고 생각하는 길
인연을 버리고 도망치듯 떠나온 이가
다시 돌아갈 수 없을 만큼 와서 끝내 되돌아가는 필연
의 길이라면
짐작조차 못 하는 생각의 무게가 다리 위에 있겠지.
아무렴 그래야지, 생각하는데
전화벨이 울린다.

염도 짙은 비가 내린다.
강 저쪽에서 내리던 비가
강 이쪽으로 오자 그쳤다.
전화벨이 끊기듯 슬픔도 마르는 거지.
강 저쪽을 보니 여전히 비는 내리고 있다.

플랫폼의 그는 아직 거기 그러고 있나,
내리는 비의 끝으로 갈 수 있으려나.

비는 생각의 한쪽을 적시면서
끝내 생각의 한쪽은 적시지 못한다.

악마의 생활난

반드시 해야 하는 일들이 있다.
해결되지 않지만 해야 하는 일들

치매 걸린 노인에게 자식은 하루에 두 번 전화했다.
잘 주무셨어요?
노인은 잠결인 듯 꿈속인 듯 대답했다.
니가 누고?
끼니 거르지 마세요.

속사정을 모르면 바깥은 언제나 봄날이지만
알고 보면 깜깜한 터널 속인 것처럼

자신이 누군지 아는 사람이었다면 자식은 더 자주 전화를 했을지 모른다. 저녁 무렵 자식은 하루의 삶이 어떻게 지나갔는지 모를 노인에게 전화를 또 한다. 뭘 기대하고 하는 일과 아무것도 기대하지 않고 하는 일
기다림과 인내가 그 사이에 있을 뿐

저녁은 드셨어요?

잘 안 들린다.

응답을 듣기 위해 누구는 피를 흘리며 전 생애를 떠돌
고 누구는 피를 묻히고 악마가 되기로 결심하지만 대답을
듣지 못하는 건 매한가지다.
대답 없는 너와 너무 말이 많은 너
너희가 세상에 가득할지어니.

목소리 좀 크게 해라.
당최 알아들을 수 없다.

아침에 누군지 되물었던 목소리를 알아챘으니 다행이라
고 잠시 자식은 생각한다. 언제나 다행은 불행의 여러 경
우 중 하나. 노인은 목소리가 들리지 않는다고 성화다. 자
식은 아무리 크게 해도 알아듣지 못하는 노인이 원망스럽
다. 언제고 세상이 답답하지 않은 적 있었을까. 노인도 자
식도 저녁이면 악마가 된다. 누구나 일 분이면 악마가 된
다. 우리의 악마는 귀가 멀고 얼굴을 붉히며 살아 있다.

왜 그리 못 알아들으셔요.
뭐라고.

자식의 목소리는 노인의 목소리보다 더 커져 전화기를
집어삼킨다.
자상한 목소리와 아름다운 시간은 수화기로 빨려 들
어가
윙윙거리다 삐삐거리다 덜컥거린다.

알았어요.
이젠 그만 쉬세요.

악마가 조용히 눈물을 흘린다.
깜깜해서 알아볼 수 없을 뿐이다.

다시, 바다에서

바다를 보러 갔다.
수백 대의 차량을 뚫고 쉬지 않고 바다를 보러 갔다.
바다의 사람들
기다려야 하는 사람들
기다릴 사람이 없는 사람들
잠들고 싶어 하지 않는 사람들
위로가 필요한 사람들
죄다 모여 있는 바다

바다를 보러 가자고 했다.
바람을 쐬러 가자고 했다.
바다에는 불꽃놀이가 있고
바다에는 모래성이 있고
빛나는 태양처럼
바다에는 만 원짜리 파라솔과
입술을 간질이는 바람이 있다고

바다를 봤다.
소금기 가득한 공기처럼

사람들 너머 만질 수 없는 바다를
사람들 사이로 조금씩 밀고 들어오는 바다를
나뒹구는 쓰레기처럼 여기저기 아무렇게나 있는 바다를
어딜 가도 바다
온통 바다뿐인 바다를

끝날 줄 모르는 바다
어제의 바다를 오늘의 바다가 부여잡고 있다.
마시다 만 커피가 외롭게 방파제를 지키는 바다
바다 아닌 것을 바다로 만드는 바다
바다는 넓고 바다는 길고 바다는 끝을 모른다.
걸어도 걸어도 끝나지 않는 바다
깊고 무거운 바다

검은 바다를 손잡고 한참 걸었다.
무작정 걷자고 했다.
거의 바다가 아닌 것 같은
바다에 이르러 돌아가자고 했다.
돌아가야 한다고 했다.

이런 바다는 처음이라
몹시도 힘든 바다

어떤 사람들은

안개인지 비가 오는지
창밖에는 흔들리는 나뭇가지
앞은 여전히 흐리기만 하고
너무 조용해서 불안한 플랫
좁은 복도 한 쪽에서
몸의 중심을 잡아보지만 흔들리기는 매한가지
옆 플랫 지붕 위로 천천히 기어오르는 검은 고양이
중심은 이런 거라는 듯
가볍다.

한두 번 오가며 눈인사를 했던 133호
한 번도 열리지 않았던 커튼이 열리더니
마네키 네코처럼 그가 나를 부른다.
안녕
그도 처음이지만
나도 처음

어디서 왔니?
크리스마스 연휴에는 뭐 하니?

가져간 맥주 두 병을 다 마신 뒤에
처음으로 물어봤네.
축축한 커튼 뒤에서 뭐 하냐고
어둠으로 통하는 문을 열더니
책장에서 노튼 앤솔러지 시리즈 베오울프를 꺼내 보여
준다.
일흔이 넘은 회색의 머리가
강아지처럼 뚫어져라 나를 바라본다.

다음 주말엔 현관문을 노란색으로 칠하려고 해.
파란색보다 따뜻해 보이잖아.

너의 집 현관문은 무슨 색이냐고 묻는
그의 눈이 맑게 빛난다.
참, 여기 오기 전에 나는 서울에 있었지.
그렇지, 토요일 전에는 금요일이었지.
어둠이 찾아와야만 불이 켜져 있는 걸 알 수 있지.

돌아와 커튼 뒤에서

내가 앉아 있기 전에 누군가 앉았을 의자에 앉아

잊고 있던 셰이머스 히니의 시를 읽는다.

아마 그는 아이리시였지.

나는 걷는 중이지만

지도를 펼치면 여기가 저기고 거기가 거기야.
너도 알잖아 내게
어색한 옷을 입은 것처럼 거리는 힘들어.

이곳 사람들은 빨리 걸어
마치 심장이 두 개인 것처럼
아침저녁으로 파크에서 공을 차서 그런가?
그런데 넌 어디쯤 가고 있니?

그러고 보니 교차로에서 신호를 기다리는 건
언제나 나였지.
지도가 알려 주는 길은 종종 틀리기도 해,
너는 언제나 상상의 길을 말하곤 했지.
나는 네가 가는 길이 가끔 무섭기도 했어.
벤치에 앉아 오던 길을 힐끔거리며 쳐다본 건 그것 때문만은 아니야.
그렇게 잊어버릴까 봐
그렇게 사라질까 봐

단단히 마음먹고 나서는 길
오늘은 비가 오네.
이곳 사람들은 비가 와도 우산을 쓰지 않아
길 위로 여러 색의 공들이 흩어지고
하나 둘 셋 어느 공을 따라 가야 하는 건지

비가 오면 그 자리에 서서
옛날처럼 왔던 길을 되돌아봐.
빗방울 속에 숨어 있는 얼굴들
사람들이 모두 걸어온 길 쪽으로 오줌을 누는 것 같아.
흩어져도 아무렇지도 않은 사람들
모여 있어도 이상하지 않은 사람들

할머니 고모 아버지 엄마가 걸었던 길
하나둘 밟고 가면
이 거리를 건너갈 수 있을까.
여기가 어딘지도 모르는데
저 길은 아닌 것 같은데
자꾸만 엉뚱한 길을 걷고 있네.

이것 또한 지나가리라고

이맘때면 찾아오는 친구가 있었다.
올해는 오지 않았다.
나쁠 건 없었다.

날씨는 여전히 쌀쌀했다. 꽃이 곧 필 것이라는 뉴스 보도가 있었다. 얼마 지나지 않아 다른 친구에게서 그가 작년 이맘때 무슨 일로 남미에 갔다 성모상을 훔친 도둑으로 몰려 살해당했다는 소설 같은 이야기를 들었다. 성모상이라니?

때늦은 개화 소식을 화제로 친구들은 콜롬비아 커피를 마신다.
봄이 와도 이제 그는 오지 않는다.
아라비카종 특유의 산미 때문에 생각은 더 간절해지고 하얀 커피 꽃이 친구들 머리 위에 피었다.

친구는 죽어서도 개화 소식을 물리치고 온다. 황사를 물리치고 바이러스를 물리치고 온다. 갈변해 버린 목련 꽃잎처럼 온다. 알고 싶지 않은 개인사를 들려주려고 온다.

잎보다 먼저 떨어질 꽃처럼 온다. 붉은 열매를 따러 온다.
성모 마리아처럼 친구가 온다.

　같은 얼굴이지만 오는 길도 가는 길도 다르다는 걸
　오래 살아 있다고 생을 아는 건 아니라는 걸
　오래 있을수록 같은 생각에 빠져 헤어 나오지 못한다
는 걸
　잠시 커피에 빠진 이곳의 친구들은 모른다.

　친구는 멈추지 않는 버스를 타고 세계 끝까지 간다고
했다.
　어딘가에 내려야 한다는 건 슬픈 일이잖아,
　친구는 용감했다.
　중간에 내리는 일이 나쁠 것이라고 생각해서 그런 건
아냐,
　친구는 친절했다.

　모든 건 지나가야 한다.
　꽃이 피었지만 이제

봄이 와도 오지 않는 것도 있다.
손가락 사이로 바람이 지나갔다.
나쁠 건 없다.

숨 쉬지 않는 시

한 행 한 행 글자와 함께 사람들이 지나간다.
위에서 아래로 여백과 함께 어제가 지나간다.
잃어버린 소리는 듣지 못하고 글씨만 보고 있다.
떨어진 잎은 보지 못하고 나뭇가지만 보고 있다.

3부

포비아

── 아침

나란히 침대에 누워
흰옷을 나눠 입고
우리는 친해졌다.

더 크고 싶지 않아
누웠다 일어나고
다시 누웠다.

파랗게 빛나는
발등의 실핏줄을
오래 바라보았다.

포비아

—— 저녁

흔적을 지우기 위해
까만 봉지를 손에 쥐고
개와 함께 산책 나온 사람들

저녁은?
저쪽에선 말이 없다.

흘리지 말라고
밥상 앞에서 다그치던 목소리
이마의 흉터처럼 끝까지
남는 게 있다.

오래된 식탁에는 어제 먹던 밥이
접시 위에는 고집처럼 굳어 버린 귤이
컵에는 매실 원액이 남아 있을 것이다.

손쓸 틈도 없이 쪼그라든 구차한 몸을
푹 꺼진 소파에 뉘고 당신은
낯선 이국에서 찍은 흐릿한 사진을

쳐다보고 있을 것이다.
안 봐도 보이는 게 있다.

저 멀리 기차가 지나가는 것 같다.
보려고 해도 보이지 않는 게 있다.
소리는 남고 상처도 남지만
세상의 저녁은 그렇게 지나간다.

산책로에 불이 하나둘씩 들어온다.
묘비에 새길 글귀를 떠올린다.
어둠이 곧 몰려올 것이다.

포비아

── 진심

아무것도 보이지 않아.
저렇게나 밝은데도

어스름 속에서
크게 입을 벌리고 있는 것을
나도 당신도 보았지.
무한정 떨리는 손으로
한 사람은 칼을 쥔 채
한 사람은 복면을 쓰고서

네 번의 입맞춤과 한 번의 기도

왜 아무것도 보이지 않는가.
왜 우리의 앞은 이렇게 가로막혀 있는가.
사람은 사람일 뿐이라고
동시에 말했네.

언제부터 눈[目]은 재앙이 되었을까.
깜깜한 하늘과 밀애를 하는 동안

춥고 어두워

당신도 나도 서로에게 물을 수 없었던

두려운 질문들

포비아

— 기원

숲에는 뭐가 있나요?
그는 말이 없었다.

짐승이 있는지 궁금해 망원경을 챙겨 그를 따라 나섰다.
망원경을 아무리 돌려 봐도 짐승의 흔적은 보이지 않았
다. 돌아올 때까지 그는 땅만 보고 걸었다.

두 갈래의 길

다음 날 안구 검사를 취소하고 그를 따라 다시 숲으로
갔다.
망원경을 잊지 않았다. 짐승은 볼 수 없었다. 간혹 이상
한 발자국이 보였고 어김없이 냄새가 났다.

짐승의 똥

다음 날도 그와 함께 숲으로 갔다.
망원경을 잊고 가져가지 못했다. 어느 곳에선가 낯선 짐
승의 소리가 들렸다. 그는 떡갈나무 잎을 손끝으로 매만지

며 천천히 걸었다. 어제의 냄새가 났다.

우는 소리

그다음 날 그는 숲을 가지 않았다.

혼자 숲으로 갔다. 빈손이었다. 바위에서 쉬고 있는데 짐승들이 달리는 소리가 들렸다.

온몸에 짐승의 털이 솟았다.

포비아

— 문턱

세 번째 생일날에 버려졌다고 했다.

하얀 눈이 가득했는데
거짓말처럼 꽃이 피어 있었는데

바람이 시간을 느리게 밀어내고 있었다.

하나, 둘, 셋, 엄마 어딨어요?
숨바꼭질 놀이는 이제 싫어요.

엄마 여기 있단다.

추워요. 따뜻한 담요가 더 필요해요.
보자기는 불편하단 말예요.
돌아누울 힘이 없어요.

먼 곳으로 보내 버릴 거라는 말은 하지 마세요.
난 여기가 좋아요.

처음으로 데려다 놓는 거란다.
내일도 깜깜하긴 마찬가지란다.

말을 배우면 훨씬 괜찮을 거예요.
웃는 법도 배웠어요.
웃는 모습이 예쁘다고 했잖아요.

문고리를 쥐고 있는
네가 엄마란다.

좋은 것은 언제나
더 좋은 것보다 못하잖니.

포비아

— 패밀리

가도 가도 끝이 보이지 않는 것보다
가 보지 못한 곳을 가야 한다는 것
무서운 건 그런 거야.
훼미리마트에서 컵라면이 익기를 기다리며 네가 말했지.

열네 살에 할아버지는 사할린으로 끌려갔대.
끝없이 눈이 내리는 사할린
그곳이 섬인지도 모르고 말이야.
체호프라는 이름은 들어 본 적도 없는 할아버지는
눈이 내리는 모습도 처음 봤대.
보이지 않는 섬처럼 너도 너의 말도 희미했다.
보이지 않으면 없다고 해야겠지,
사할린의 어린 할아버지처럼 말이야.

할아버지는 무지 빠른 속도로 자라
벚꽃동산을 만들지는 못했지만
생각보다 많은 일을 해야만 했대.
그래도 남쪽 섬으로 내달리는 마음을 따라갈 수는 없
었대.

> 마음을 따라잡으려면 얼마나 빨리 달려야 하는 걸까?
며칠 전까지도 매일 운동장을 스무 번이나 돌았는데,
너는 크게 숨을 내쉬며 말했다.
마지막 바퀴를 돌고 나면 하늘이 노랬지.
불어 터진 면발 같은 정신줄로
까만 뒤통수만 따라가야 한다는 게
답답하고 무서워.

할아버지는 잊지 않으려고 그날그날의 음식과 날씨를
기록했대.
오늘의 날씨, 오늘의 운세 같은 걸 할아버지도 믿었을까.
너는 눈을 깜빡거렸다.

컵라면 국물을 마시고
할아버지의 사할린 같은
새벽 두 시의 훼미리마트를 떠났다.
영혼이 따라올 수 없는 곳으로
정신을 차린다는 건 어떤 걸까?

포비아

— 그림자

아들은 아침 일찍 제 키보다 큰 아버지와 길을 나섰다. 점심이 가까워 오자 아버지는 힘에 부치는지 아들 곁에 바싹 붙어 걷기 시작했다. 어디쯤 왔니? 콜로노스를 방황하는 오이디푸스처럼 아버지가 물었다. 성곽 위에 십자가가 보이는 곳이에요. 아들은 심드렁하게 대답했다. 여기서 잠시 머물 수 있을까? 성곽이 만든 그늘로 두 사람은 천천히 들어섰다. 아들은 무슨 소리가 흘러나오는지 성곽 가까이 귀를 바싹 댔다.

기이하다고 할 새소리가 들렸다. 불길한 예감이 든 아들은 다급히 아버지를 찾았다. 아버지! 아버지! 어디 있어요? 종탑의 종소리 때문에 외치는 아들의 목소리도 중얼거리는 아버지의 목소리도 들리지 않았다. 젠장맞을, 분명 여기 있었는데 어디로 간 거야?

서둘러서 짐을 챙기려는데 비스듬히 열린 문 뒤편에 누워 있는 아버지가 보였다. 이제 그만 일어나세요. 틈만 나면 그렇게 누우려고 하세요. 그냥 두고 혼자 떠날지도 몰라요. 너도 알다시피 난 널 떠날 수 없잖니. 뭉그적거리던 아버지가 몸을 일으키며 말했다. 잊었니? 우리 한 몸 한마음 이잖아. 제 마음을 아버지가 어떻게 아세요? 발밑을 보려 무나. 네가 나를 밟고 있잖니. 해가 뉘엿해질 때까지 아들 과 아버지는 납작한 집들과 묘지 사이를 배회하며 옥신각 신했다. 그만 따라오세요. 아들아 나도 어쩔 도리가 없구나.

오후 나절까지만 해도 목소리와 얼굴색이 분명했던 아 버지는 저녁이 가까워 오자 모든 게 흐릿해졌다. 이제 별 이 빛나는 곳으로 가야 하나? 아들은 혼잣말로 기억에도 없는 운명에 대해 중얼거렸다. 잘 들리지 않는구나. 아버 지는 말할 기력조차 없었지만 늘어질 대로 늘어진 팔다 리로 뭔가를 해 보려고 애썼다. 아들아 조금만 기다려 줄 수 있겠니?

아들은 오후의 태양이 가장 낮은 지붕 위를 넘어가고 있는 것을 치어다보고 있었다. 그림자가 길게 동쪽을 가리 키고 있었다. 아들은 얇아질 대로 얇아진 아버지를 주섬 주섬 주워 담아 가방에 집어넣고는 고아처럼 길 위에 서 있었다.

포비아

— 이웃

한때
동네 입구마다 전화 부스가 있었지.
부스를 제집 삼아 지내는 사람이 있었지.

한때는

급하게 멀리 있는 가족에게 소식을 알려야 하는 사람
누구든지 그 사람에게 담배 한 개비만 주면 마음을 놓을
수 있었다네. 혼자 아이를 돌봐야 하는 엄마는 과자 한
봉지와 아이를 맡기고서야 다급하게 시장을 볼 수 있었다
네. 전화 부스는 좁지만 투명해서 훤히 들여다보이는 게
참 다행이라고 사람들은 생각했지.

직장에서 쫓겨난 사람이 술에 취해 다짜고짜 부스 문
을 밀고 들어왔을 때 그 사람 슬그머니 빠져나와 아침 해
가 뜰 때까지 별구경을 했다지. 교실에서 배울 게 없는 어
린 사람들은 혼자 있을 때 지을 수 있는 표정을 그 사람
에게서 배웠다고 해. 그러고 나서 등굣길도 밤길도 혼자
갈 수 있었대. 전화 부스 옆 아카시아 그늘 아래서 젊은

사람들은 하나둘씩 늙은 사람이 되었대.

셈을 잘 못하는 사람이 사랑했던 또 한 사람은 별이 총
총 빛나는 밤에 찾아와 슬프도록 아름다운 이별 노래를
불렀다지. 미어지는 가슴 미련 원망도 사라지고 반짝이는
별도 진흙으로 이루어져 있다는 걸 그때서야 알게 되었다
지. 별세계가 따로 있는 건 아니라는 걸, 모두 다 밥을 먹
고 똥을 싸야 사는 어리숙한 사람이라는 걸 말이야. 그
사람에게서

가난도 원한도 버리고
외로움도 무서움도 잊고
사람들이 전화 부스로 들어가
별이 되었다는 소문이 있었네.
밤이면 깜빡깜빡 빛을 내는
전화 부스는 별들의 바다였다네.

한때는 말이야.

이웃도 가족도 없을 때는
지상의 별이 그렇게 뜨기도 했지.

포비아

— 목줄

희망의 줄은 어디에나 있다.
복권을 사려는 사람들, 그래도
줄을 서는 일은 즐겁지 않다고 너는 생각한다.
줄 잘 서서 출세했다는 이야기나
줄 하나에 목숨을 건다는 말
깃발을 쫓아가듯
줄을 따라 어디든 갈 수야 있겠지만
사람들은 얼굴의 절반을 가리고
줄을 선다는 일이 억울하다.
줄을 서서 검사를 하고
줄을 서서 약을 탄다.
줄을 서지 않아도 되는 사람들 뒤로
줄에 서 보지도 못한 노인은 피켓을 들고 외치다
줄에 묶여 질질 끌려 나간다.
마음잡고 꽃을 키우겠다던 청년은
줄줄 새는 비닐하우스 인생을 갈아엎고
줄이 끊긴 아이들은 학교에 안 간 지 오래다.
줄을 지어 때가 되면 날아가는 새들은 없는
줄을 만들면서 잘도 날아가고, 그래도

줄 서서 기다리지 않기로
멀리 있어 보이지 않는 줄 알았지만 이젠
줄이 없다고 너는 생각한다.
중세의 기사들처럼 초원을 횡단하는 누 떼
그 끝에 휴식이 있을 리 없다고
개 목줄을 매만지며 너는 생각한다.
까마귀 떼가 해변에 줄지어 내려앉고
줄지어 선 가로등이 차례로 꺼지면
세상의 끝에 도착했다고 너는 생각한다.
졸음은 허기마저 앗아 가고
넥타이를 풀면 희망도 사라진다고

포비아

— 페이스워크

그가 웃는다.
너도 웃는다.

피부를 덮치는 바이러스

그가 눈살을 찌푸리자
너는 최선을 다해
피부를 조금씩 움직여 본다.

하루 열두 번씩 몰래
거울 앞에서 우는 연습을 한다.
아주 가끔 눈물이 흐르기도 한다.

발갛게 마음이 부풀어 오른다.
저렴한 눈물 같은 건 없다고
얼굴이 훌쩍거린다.

큰길에서 만난 그들은
친족이라도 된다는 듯

웃는다.
별수 없이
웃어야 한다.
그래야 달라지는 건 없지만

패밀리네임 같은 건 없다.
누구나 그렇듯이
깜깜한 자궁 저 안쪽에서 기어 나와
미궁의 길을 걸어가야 한다.
순서는 없다.

어쩔 수 없다는 듯
너는 입술을 움직여 본다.

포비아

— 일인용

매일매일 기다리기만 했다.

슬픔 쪽으로 기우는 세포들이
분노의 엔진처럼 내달려도
묵묵히 듣기만 했다.

다른 사람이었다는 걸 아예 모르는 것처럼
옆에서 하는 이야기를 조용히 들었다.

많은 날들이 지나갔다.

머리카락이 자라고
수염이 얼굴을 덮기 시작했다.
아무도 알아보지 못했다.

불을 끄자 보이지 않았다.

멀리 있는 것들은 언제나
까맣게 보인다고

주위에서 수군거렸다.

포비아

── 고해성사

문을 열고 들어서자마자 어깨에 힘이 들어갔다.
그런 일을 다시 떠올리는 건 아무래도 힘들다.

그런데 이상하다.
수영장 밑바닥에서 30초 동안 숨을 참고 올라왔을 때
보다 편안했다.
그땐 정말 죽는 줄 알았는데

물 위로 올라온 잠수병처럼 너는
급하게 숨을 몰아쉬면서 말했다.
그게 말입니다,
입술까지 올라온 뜨거운 심장을 어쩌지 못해 덜덜 떨
고 있는
손 위로 손을 얹으며 검은 사제복의 그는 말했다.
들뜬 영혼을 가라앉히려는 듯
누구나 그렇습니다.

누 구 나 그 렇 구 나
넥웨이트를 하고 너는 다시 물 깊숙이 몸을 밀어 넣었다.

조금 일찍 고개를 드는 바람에 생각보다 멀리 가지 못
했고

답답한 입안으로 미지근한 물이 밀려 들어왔다.

수영장을 청소할 때 쓰는 약품 냄새가 났다.

그러고 보니 그가 말할 때 비슷한 냄새가 났다.

누구나 그렇게 말하는구나.

물속에서 얼마나 있었을까?

너는 가슴이 답답했다.

입 밖으로 뭔가 조금씩 새어 나왔다.

폐가 하얗게 변해 스티로폼처럼 둥둥

떠다니는 것 같았다.

까만 스윔슈트를 입은 그는 돌고래처럼

거품 같은 너의 말들 사이를 미끄러지면서 빠져나갔다.

몸에 있는 공기를 비워야 하지만

할 수 있다는 마음이 중요합니다.

고개를 내밀지 않고 단 몇 번의 스트로크로
그가 수영장 한 바퀴를 돌고 왔을 때까지
너는 그 자리에서 숨을 참고 있었다.

폐에 있는 공기가 하나씩 증발하자
누군가 몸을 끌어내리는 것 같았다고
너는 생각했다.
너의 입에서 소독약 냄새가 나기 시작했다.

포비아

― 있다

두려움 때문에 당신은 있다.
두렵지 않았다면 당신은 없는 것과 같을 것이다.

입을 부풀리는 개구리처럼
하악질하는 고양이처럼
눈을 부릅뜨고

두려움 때문에 아무도 만나지 않지만
두려움 때문에 혼자 중얼거리는
당신이 있다.
그 사실이 두려워 누구를 만나야겠다고 생각을 하지만
두려움 때문에 그러지 못하는 소심한
당신이 있다.

당신은 매일 아침 두려움을 벗어나려 애쓰고
당신은 매일 저녁 두려움에 대해 쓴다.
놀랍도록 당신은 무섭게 쓴다.
쓰는 동안 당신은 무서움이 된다.
늦은 밤 쓰기를 멈추고 화들짝 놀라는

당신이 있다.
정말 저 무서움을 내가 썼단 말인가 하고 깜짝 놀라는
당신이 있다.

당신은 놀라움을 위해 또 쓴다.
놀라움을 기대하며 쓰는 내내
또 그만 두려워지고 마는
당신이 있다.

언제 터질지 모르는 당신이
밤마다 두려움을 부여잡고 쓰고 있다.

포비아

― 에니그마

영혼이 사라진다는 것에 대해 생각해 봤어.
새벽 2시 15분이면
건널목의 모든 신호등에 불이 꺼지지.
풀 수 없는 수학 문제처럼
뒤통수가 없는 얼굴로
새는 허공에서 고꾸라지고

가 보지 못했지만 그곳을
상상할 수 있을 것 같아.
하지만 그때 알고 있었던 걸
어떻게 기억할 수 있을까.

영혼이 쉴 만한 곳을 곰곰이 생각해 봤어.
사할린보다는 멀리 있을 거라고
새들이 소리 없이 죽어 가는 페루나
캄캄한 마리아나 해구 같은 곳.
달의 뒤편 아니면
목성을 목도리처럼 감싸고 있는 얼음덩어리?

여긴 늘 문제의 지평선만 있지.
뚜껑은 한 번도 열리지 않았어.
상자 안에 쥐죽은 듯 자고 있는 놈은
슈뢰딩거의 고양이가 아니라 집 나간 고양이일지 몰라.

하지만 그들이 남긴 말들을 차근차근 되짚으면
손전등이 없더라도
어제의 길을 되돌아갈 수 있을 것 같아.
아침이면 고양이는 사라지고 없을 테지만,

보이지 않는 것을 상상하고 있어.
탄광에서 두 달 만에 나온 광부의 낯빛처럼
마음 어딘가에 쌓여 있을
암흑물질 같은 것.

하지만 어쩌지
누군가 우리 영혼을 끄려 하네.

포비아

— 희망

흰 길고양이가 순식간에 눈앞을 지나갔다.
얼마나 오래 걸릴까?
뭐가?
흰 고양이가 검은 고양이가 되려면 우주적인 사랑이 필
요하겠지.

근데 우리 어디로 가?
아랍어 같은 말투로 너는 말했다.
글쎄 우선 여기서 좀 쉬자.

모르는 해변에서 길을 잃고 집단으로 죽는 돌고래들이
있는데, 서로를 너무 사랑해서 그렇대.
무슨 말이야?
어디로 가기 위해선 아무래도 초월적 연습이라는 게 필
요하겠지.

오래된 기별을 가지고 이제 막 해안에 도착한 병처럼
너는 캄캄하게 흔들렸다.

얇은 너의 등을 몇 차례 쓸어내렸다.
어쩌면 검은 고양이가 될 수 있을 것 같았다.

우리 어디로 가?
자꾸만 길고양이의 흰 털이 떠올랐다.
어디로 가야 하는 게 아니라면
혼자여도 좋았다.

미안해
어디도 갈 수 없을 것 같아.

손을 뻗어 너의 검은 눈을 천천히 어루만졌다.
모르는 얼굴이었다.

포비아

— 망각

손톱을 깎다가 손거스러미를 그냥 두는 것처럼
남겨지는 시간이 있다.

내일이면 한 번 지나가면 다시
돌아오지 않을 어제가 온다.

봄이 오고
집을 부수고 나갔던 아버지가 돌아오고
시집갔던 누이가 그믐 같은 낯빛으로 돌아오고
포수의 미트에서 투수의 글러브로 흰 공이
포물선을 그리며 돌아올 것이다.

트레이드된 선수를 다시 불러들이는 일
모든 집에는 떠난 이를 위한 자리가 있다.

봄이 가고
돌아오지 못한 것들은
남겨진 이들에겐 어둠이다.

아슬아슬하게 살아 무섭게 쓰는
'나'의 홈인(Home-in) 기록기

김수이(문학평론가)

1 이곳만 아니라면, 그러나 이곳뿐이어서

  가자 가자, 이곳만 아니라면
  노래 같은 것 부르지 않고, 마음 같은 것 훔치지 않을 것
이다

—「국외자들 1」에서*

  첫 시집에서 여태천은 시를 쓰는 이유와 삶의 불가피
한 방식을 이렇게 서술했다. "이곳만 아니라면" 어디든 좋
은데, 이곳을 벗어날 방법이 없다는 것. 삶의 장소는 오

---

* 여태천, 『국외자들』(랜덤하우스코리아, 2006).

직 '이곳'뿐이어서, 다른 곳을 열망하는 '나'는 국외자 (outsider)로 살아갈 수밖에 없다는 것.

다른 선택지가 없는 세계에서 삶은 정해진 궤도를 일정한 규칙에 따라 돌고 도는 일이 된다. 아웃사이더더라도 예외일 수 없다. 아무리 노래를 부르고 마음을 훔쳐도, 예컨대 시를 쓰고 사랑을 해도 이 공회전하는 질주의 대열에서 이탈할 수는 없다. 영원한 국외자의 낭만 같은 것은 허락되지 않는다. 요소요소에서 길을 막는 적들에 둘러싸여 집을 떠나 다시 집으로 돌아오기(home in) 위해 치고 달리고 멈추어야 하는 삶. 아웃당해도 다시 등판해야 하며, 바꿀 수 있는 것은 고작 진영(공격, 수비)과 포지션(역할, 이름)에 불과한 삶. 여태천에게 '야구'는 삶의 정확한 축소판이자 대리전을 상징한다. 여태천의 '야구시'(권혁웅)는 '삶-시' 혹은 '인생시'의 다른 이름인바, 오직 이곳뿐인 삶에서 다른 곳을 열망하는 자의 분열과 이곳에 꼼짝없이 묶인(모인) '우리' 사이에 매 순간 펼쳐지는 단 한 번뿐인 플레이를 기록한다. 기록이란 본디 이미 지나간 것, 사라진 것에 대한 애도의 행위다. 여태천의 시가 애도하는 것은 삶의 모든 유일하고 무상한 순간이며, 살기 위해 질주하면서 살아지는/사라지는 '나'와 '우리'이다. 여태천은 삶의 무정한 원칙과 무상한 흐름을 직시하면서 그에 순응할 수(밖에) 없는 자의 혼란과 비애를 토로한다. 모두가 알고 있으나 아무도 소리 내어 말하지 않는 마음속 이야기들을 말이다.

중요한 건 살아 나가야 한다는 거야.

─「낫 아웃」에서*

저는 뿌리 뽑힌 자입니다.

더 이상 뒤를 쫓지 말아 주세요.

무한 질주의 부산물이죠.

─「국외자 4」에서**

비어 있는 스탠드를 보며

우리는 전력 질주하지 않았고

홈으로 돌아오는 걸 잊었다

(……)

스탠드의 관중들과 함께

우리는 천천히 사라졌다

─「더블헤더」에서***

    삶에서 여태천은 세 가지에 주목한다. 첫째, 홈에서 출발해 홈으로 돌아오는 원칙. 삶은 출발한 곳으로 돌아오

* 『감히 슬프지 않을 수 있겠습니까?』(민음사, 2020), 43쪽.
** 『저렇게 오렌지는 익어 가고』(민음사, 2013), 86쪽.
*** 『스윙』(민음사, 2008), 46쪽.

기 위해 전력 질주하는 이상한 게임이다. 둘째, 원칙을 실현하기 위해 필요한 타자(打者/他者)들. '나'는 자력으로 홈인할 수도 있지만, 대부분은 동료(이웃)들과 협동해야 한다. 상대편(이웃)의 열세나 실수, 또는 관중(익명의 타자들)의 응원의 덕을 볼 수도 있다. 셋째, 공(ball)의 변화무쌍한 정체. 여태천이 삶에서 주고받는 공은 생각과 마음으로 이루어져 있다. 감정, 기억 등 내면의 모든 작용을 압축하고 있는 이 공의 본질은 '공(空)'이다. 우리의 마음속은 소란한 침묵*과 고요한 외침으로 가득하다. 온갖 생각이 끊임없이 생멸하는 인간의 마음은 본래 텅 비어 있는 '공(空)'의 장소다. 여태천은 '너'와 '내'가 삶에서 주고받는 공이 구체적인 사물과 경험이 아닌 각자의 생각이며, 삶의 장소인 '이곳'이 무수하고 덧없는 생각으로 이루어진 '공(空)'의 현장임을 통찰한다. 그러므로 문제는 장소가 아니다. 어디에서도 '공(空)'이라는 삶의 본질은 달라질 수 없으며, '내'가 어디에 있든 삶은 항상 '이곳'일 수밖에 없다. 여태천은 "살아나가"기 위해 공(ball/空)을 치고 달리는 일에 매진한다. 시를 쓰고 사랑을 하며, 국외자의 등번호와 이름표를 계속 바꿔 달면서. 예컨대, "새벽 2시, 그녀"**,

---

* 여태천의 시에서 "점점 증강되는 '침묵'의 감각"(최현식, 「유령의 문장, 문장의 유령」, 『저렇게 오렌지는 익어 가고』, 작품 해설, 136쪽)은 '생각'이라는 '소란한 침묵'의 감각이기도 하다.

** 「밤을 잊은 그대에게」, 『스윙』, 72쪽.

"마흔 명의 남학생과/ 쉰 명의 남자 가운데" "없"는 "누구"*, "두 개의 유리창과 하나의 얼굴"**, "잃어버린 열두 개의 밤"*** 등.

생각의 공은 언어를 통해 구성되고 전달되는 동시에, 언어로 인해 누락되고 오배송****된다. 언어는 삶에 쓰이는 공(ball/空)의 구체적 질료이며 형상이다. 삶의 야구장에서 각자 생각의 공을 주고받(는 데 자주 실패하)는 것. 여태천이 두 번째 시집 『스윙』에서 공들여 묘사한 것은 삶의 경기장을 날아다니는 공들의 분방하거나 실패하는 플레이들이었다. "그는 왼발을 크게 내디디며 배트를 휘둘렀다/ 좌익수 키를 훌쩍 넘어가는 마음./ 제기랄, 뭐 하자는 거야."(「스윙」) 공(空)의 갖가지 플레이를 학습한 여태천은 세 번째 시집 『저렇게 오렌지는 익어 가고』에서 언어가 생각을 만들고 생각이 '나'를 만드는 공(空)의 구조와 구성, 나아가 해체의 원리를 파헤친다. "언어가 만드는/ 저 생각의

---

* 「실종에 관한 보고서」, 『저렇게 오렌지는 익어 가고』, 54쪽.
** 「두 개의 유리창과 하나의 얼굴」, 『감히 슬프지 않을 수 있겠습니까?』, 100쪽.
*** 「잃어버린 열두 개의 밤―한 권의 시집」, 『감히 슬프지 않을 수 있겠습니까?』, 30쪽.
**** 허희는 여태천의 시를 데리다의 후기 철학을 재해석한 아즈마 히로키에 기대어 "필연과 우연이 얽히는 삶"에서 시(텍스트)의 오배송은 불가피하다는 관점에서 읽어냈다.(허희, 「오류와 오차를 위한 여정」, 『감히 슬프지 않을 수 있겠습니까?』, 작품 해설, 155~166쪽)

근육들을 좀 봐.// (……) / 저 생각이 나를 만들었다."(「단단한 문장」). "반숙의 생각이 몸을 망치"(「지구를 이해하기 위한 첫 번째 독서」)고, "생각이 당신과 나 사이를 오고 가는데"(「인격의 탄생」), '우리'가 할 수 있는 일은 "그저 지나가는 거", "그냥 생각하는 거"(「밤에 대한 사소한 의문」). 생각이라는 공(空)에 대한 통찰 없이 생각의 공(ball)에 사로잡힌 사람들은 "누구도 세계를 가지지 못하"(「실종에 관한 보고서」)며 삶의 실상을 마주하지 못한다. 생각이 존재의 근거라는 근대의 신념을 여태천은 부작용의 측면에서 긍정한다. 이 긍정의 실제 내용은 강렬한 불신이자 비판이다.

네 번째 시집 『감히 슬프지 않을 수 있겠습니까?』에서 여태천은 삶의 야구장에서 온전히 살지도 죽지도 못한, 그래서 한 번도 함께 살지 못한 '우리'가 생각의 구성물이자 일시적 증상이며 필멸의 부산물임을 더 치밀하게 그려 낸다. 그에 의하면 "감정도" "생각일 뿐이다"(「말과 사물의 그늘」). "매일매일" "허옇게 생각을 뒤집어쓴 채/ 꿈속을 걷는"(「보호구역」) 동안, 그것이 "생각인지도 모른 채 우리는/ 더 깊은 어둠으로/ 걸어 들어갔다.//펼쳐졌던 세계가 닫히고 있었다./어디선가 목소리가 새어 나왔다./어떤 생각이 깜빡거렸다./outis!*"(「변신」). 여태천에게 '우리'는 아무도 아니고 누구도 아닌 채로 삶에서 사라지는/살아지는 이들

* (원주) '아무도 아닌', '누구도 아닌'이라는 뜻의 그리스어.

의 공동체이며, 여태천의 시는 그 역시 '우리'의 일원으로서 "더 깊은 어둠으로 걸어 들어가" 점점 더 "닫히고 있"는 '세계'를 목격한 기록이다. 여태천은 이 두려운 일 앞에서 물러서지 않는다. 오히려 여태천은 이곳의 삶에서 점점 깊어 가는 어둠과 닫힘과 소멸을 기꺼이 감내한다. 그가 새 시집 『집 없는 집』을 집으로 돌아가는 길, 지나가는 사람들, 갖가지 포비아(phobia, 공포증) 등의 3부로 구성한 까닭은 이런 맥락에서일 것이다.

2 이곳에서 집으로 돌아가는 일

지금 이곳은 이미 사라진 것들과 "곧 사라질 것들"(「다크 나이트」)로 가득한 쇠락과 소멸의 세계다. 쇠락과 소멸이 세계의 원리가 된 불특정 다수의 공간이며, 특유의 장소성을 상실하고 갈수록 희박해지는 삶의 장소이기도 하다. 여태천은 이곳의 실체가 "내일의 삶마저 다 살아 버린 사람들"이 들어찬 "커다란 묘지"(「집으로 가는 길」)이며 '텅 빈 지옥'(「텅 빈 지옥」)이라고 말한다. 텅 빈 지옥은 아무도 없는 곳이 아니라 삶을 탕진함으로써 영혼을 잃어버린 자들로 가득 찬 곳이다. '집'과 같은 사물의 영혼도 훼손되어 있다. 묘지와 지옥에서 "집의 영혼"은 "가난" 속에 "말라"(「네가 가난한 이 집의 영혼을 말리는 동안」) 가고, 집들은 낡

아서 무너지고 있거나 "문패도 없"고 "아무도 없"(「집 아닌
집」)이 울고 있다. 이 퇴락한 집에는 때맞춰 "추락하"는 '사
과'나 "언제든 떨어질 준비가 되어 있"는 '너'(「늙은 천사의
집」)만이 남아 가까스로 삶을 이어가고 있다.

　여태천이 보기에 이곳의 집들은 흩어져 떠난 사람들,
휘발한 과거의 시간들, 이루지 못한 꿈들, 무성한 절망과
미약한 희망들이 오래 누적된 폐허의 형상을 하고 있다.
안개의 집, 가난한 집, 사원을 닮은 집, 집 아닌 집, 별들의
집, 겨울의 집, 생각의 집, 시간의 집, 늙은 천사의 집, 어
느 희망의 집, 불빛 환한 집, 붉은 지붕의 집 등 여태천은
시집의 1부를 다양한 유형의 오래된 집들이 몰락하는 풍
경을 묘사하는 데 할애한다. 이 빛바랜 풍광들이 한결같
이 드러내는 바는 집으로 돌아가는 길이 녹록지 않다는
사실인데, 여태천은 여기에 근본적인 문제 두 가지를 제기
한다. 첫째, 돌아갈 수 있는 집이 과연 이곳에 존재하는가
하는 의문. 둘째, 지금 이 순간에도 열렬히 사라지고 있는
'나'는 집에 도착하기 전에 소멸과 죽음에 이를 것이라는
예감.

　그동안 여태천이 제자리에서 공회전하는 삶의 상징으
로 사용해 온 '야구 트랙'은, 이번 시집에서는 고달픈 '순례
의 길'이라는 다른 이름을 얻는다. 돌아가야 할 집은 무너
지고 사라졌는데, 돌아가야 할 생의 과업은 그대로인 자에
게 매일의 삶은 기약 없는 순례의 여정이 된다.

친구여, 어디까지 갈 수 있을까?

(……)

꿈꾸는 일 그건
힘들지 않은 일
그건 어려운 일

—「밤이면 어느 희망의 집에서」에서

목적지는 부재하는데 당위만 존재하는, 결실은 없는데 수고만 남은 끝없는 순례의 길. 이제 여태천은 삶이라는 순례에서 희망은 찾기 힘든(hard) 일이 아니라 어려운(difficult) 일이라고 강조한다. 여태천은 사라진 집으로 돌아가는 (불)가능한 일을 계속해서 삶의 과제로 승인하기 위해 기꺼이 그에 상응하는 값을 치른다. 둔중하고 모호하며 암담한 생의 감각을 끝까지 응시하며 수용하는 것이다.

이곳에선 모든 게 하나같이 무겁고 견고해.
이곳에선 모든 게 하나같이 낡고 흐릿하지.

—「불빛 환한 집」에서

이곳의 밤은 길고 어둡다.

이제 밤은 어떤 것도 보여 주지 않는다.

——「다크 나이트」에서

「집으로 가는 길」에서 여태천은 기형도의 시 「안개」*
와 「포도밭 묘지」 등을 오마주하면서 지난 세기말보다 더
어두워진 21세기 초의 지금 여기를 그린다. 기형도가 「안
개」에서 인화한 세기말의 '읍(邑)'과 "안개의 성역(聖域)"을,
여태천은 '도시'와 "안개에 파묻"힌 "커다란 묘지"로 변주
한다.

이 도시는 안개로 유명하다.

내일의 삶마저 다 살아 버린 사람들은
안개의 집에서
안개와 함께
안개의 이불을 덮고 잔다.

분간하기 어려운
담과 집의 경계 사이로
재빠르게 달아나는 안개의 꿈들

* 기형도의 등단작으로, 그의 첫 시집이자 유고시집인 『입 속의 검은 잎』
에 첫 번째 시로 실려 있다.

옛날 옛적 흩어지고 부서진 돌들을 주워 모아
집을 짓고 집을 허물고 다시 그 자리에
더 높은 집을 세웠지만
안개에 파묻혀 아무것도 보이지 않는다.

길은 멀고 앞은 어둡다.

안개의 막을 미처
빠져나가지 못한 어린 영혼들이 있는지
알 수 없는 소리가 개울 가까이서 들린다.
비명인지 울음인지 들릴 듯 말 듯
앞서가는 순례자들 발이 보이지 않는다.

친구여,
그럴 때마다 이 도시가
커다란 묘지일지 모른다고 생각했다네.

입을 가리고
코를 가리고
눈마저 가린
사람들이 쫑긋 귀를 세우고 있는

이 도시는 오래된 것으로 유명하다.

새벽이면 동쪽 하늘의 계명(啓明)을 찾느라
여러 번 넘어졌다.

—「집으로 가는 길」

　안개와 오래된 것으로 유명한 "이 도시"는 우리의 삶과 세계의 알레고리이다. 길은 멀고 앞은 어두운 이 도시에서 "내일의 삶마저 다 살아 버린 사람들"은 아예 '안개'로 화해 간다. 이는 단지 오래된, 늙은, 좌절한 사람들만이 처한 상황은 아니다. "개울 가까이서 들리"는 비명인지 울음인지 "알 수 없는 소리"는 안개의 막을 빠져나가지 못한 어린 영혼들이 있음을 암시하며, 안개에 점령된 이 도시는 거주민들에게 삶에서 죽음으로 향하는 일방통행의 순례만을 허락한다. 안개 때문에 앞서가는 순례자들의 발조차 보이지 않는 상황에서 입과 코와 눈마저 가린 사람들은 "쫑긋 귀를 세우"고 있는데, 이는 사람이 죽을 때 최후까지 살아 있는 감각이 청각이라는 사실을 환기한다. 즉 이 시의 '안개'는 내일과 오늘, 삶과 죽음, 도시와 묘지가 더 이상 구별되지 않는 우리의 내적 파탄을 상징한다. 여태천은 "새벽이면 동쪽 하늘의 계명을 찾느라/ 여러 번 넘어졌다"라는 말로 희망을 찾는 일의 어려움을 말하는데, 1부의 다른 시들에서도 같은 생각을 드러낸다.

봄은 한 번도
그의 것이었던 적이 없다.

—「겨울의 집」에서

태어나지 말았어야 했어.
여기까지 오는 게 아니었어.
(……)

덕을 많이 쌓으면 다음 생엔 가능하대.
그래 알아, 하지만
덕을 쌓는 건 어려운 일이지.

—「어쩌다 그 집에선」에서

절망이 실낱같은 희망마저 끊어 낼 때까지
달음질치다 꼬꾸라지고 넘어지고

—「그 후로 오랫동안 그 집에서는」에서

1부의 마지막 시 「집으로 돌아오는 길」에서 여태천은
여전히 "안개가 짙"은 "새벽 같은 초저녁"에 "서쪽 하늘의
장경(長庚)을 보느라/ 돌아오는 이유를 잊어버렸"으며, "버
거운 시간들을 내려놓고/ 내가 알고 있는 가장 넓은 바깥
을 생각했다."라고 쓴다. 자신이 아는 "가장 넓은 바깥을
생각하"는 일은 "뚜렷하지만 알 수 없는/ 아주 먼 나라의

그 집을 상상하"는 일로 이어진다. 집으로 돌아오는 이유
는 잊었고, 돌아가야 할 집은 상상 속의 아주 먼 나라에
있다. 여태천은 과거도 미래도 잡을 수 없는, 오직 현재만
이 존재하는 삶 속에서 모든 일이 '생각'의 차원에서 일어
나는 텅 빈 공(空)임을 성찰한다. 이 성찰 또한 하나의 생
각일 터인데, 여태천은 생각이라는 텅 빈 공(空)의 위력이
죽음을 부를 만큼 강력하다는 점을 발견한다.

> 사람들이 질병 때문에 죽듯이
> 생각 때문에 죽기도 하겠구나.
>
> ——「묘비명」에서

자기만의 생각에 빠져 죽음에 이르는 사람은 "영혼을
영영 떠나보낸 사람"(「어쩌다 그 집에선」)과 그리 멀리 있지
않다. 그는 삶이라는 무상하고 실체 없는 공(空)을, 세상
이 강요하는 질서 속에서 자기만의 생각으로 붙잡기 위해
애쓰다 소진된 자일 것이다. 여태천은 돌아갈 집이 사라
진 세상에서, 집으로 돌아갈 이유마저 상실한 사람들에게
삶이 각자의 죽음을 향한 고독하고 비극적인 순례가 되었
음을 간파하면서 그 문제의 핵심이자 실마리가 '생각'임을
포착한다.

3 지나가는 사람들과 질문들

2부에서 여태천은 '순례자들'에 주목해 "흩어져도 아무렇지도 않은 사람들/ 모여 있어도 이상하지 않은 사람들"의 이야기를 펼쳐나간다. "여기가 어딘지도 모르는데/ 저 길은 아닌 것 같은데/ 자꾸만 엉뚱한 길을 걷고 있"는 '나'(「나는 걷는 중이지만」) 역시 이들에 속해 있다. 여태천은 사람들의 삶의 내부를 들여다보며 대답하기 힘든 질문들에 휩싸인다. 자문의 형식으로 발화되는 질문들은, 우리가 어떤 식으로든 얽혀 만든 이 세계의 맹점을 폭로하면서 지금 여기에 없는 것이 우리 삶에 가장 필요한 것이 된 쓰디쓴 역설을 확인하게 한다.

살아 있는 것들이 죽어 가도 모를 시간이다

(……)

따뜻한 온기가 순식간에 사라지는 것을
어떻게 견디라는 것일까.

— 「밥을 먹다 말고」에서

한 사람이 울고 있다.
우산도 없이

비가 오는데

죽을 듯이 소리를 지른다.

영혼을 빼앗긴 것일까.

—「피도 눈물도 없이」에서

서로를 알고 있다는 건 어디까지를 말하는 것인가.

—「도망갈 곳이 없다」에서

여기가 어디예요?

(……)

다들 어디로 갔을까?

—「횡단보도」에서

　살아 있는 것들의 따뜻한 온기, 한 사람의 영혼, '나'와 '너'의 향방 등 여태천은 사람들이 각자 살아남을 생각에 골몰하느라 암묵적으로 폐기한 것들을 통찰한다. 그중에서도 치명적인 것은 자기 자신의 상실이며, 이에 대한 아무런 문제의식 없이 살아가는 일이 보편적 현상이 된 우리의 현실이다. 김수영의 시 「공자의 생활난」의 제목을 차용한 시 「악마의 생활난」은 이에 관한 비극적인 예를 적나라하게 형상화한다. 자신이 누구인지 모르는 사람들은 타인과 소통하기도 어려운 탓에 쉽게 '악마'로 전락할 위험이 있다. 이 시에서 "치매 걸린 노인"과 "자식"은 순식간에 서로에게 "악마"로 화한다. 둘 다 "자신이 누군지 아는 사람"이 아니었던 부자(父子)는 고성 끝에 불통(不通)의 극단으로 치닫는다. "누구나 일 분이면 악마가 된다. 우리의 악마는 귀가 멀고 얼굴을 붉히며 살아 있다." 여태천은 자기(self)에 대한 무지와 고착 속에서 '악마-되기'가 일상화한 것이 오늘날 '우리'의 문제라고 지적한다. '악의 평범성'(한나 아렌트)은 자신(의 실상)을 모르면서 자신(의 생각)에 갇힌 사람들이 지닌 필연적인 속성인 것이다.

2부에는 '생각'이라는 시어가 많이 등장하는데, 여태천은 '생각'이 우리와 우리의 삶을 어떻게 오도하며 또 이탈하고 성장하게 하는가를 탐색한다.

　　같은 얼굴이지만 오는 길도 가는 길도 다르다는 걸
　　오래 살아 있다고 생을 아는 건 아니라는 걸
　　오래 있을수록 같은 생각에 빠져 헤어 나오지 못한다는 걸
　　잠시 커피에 빠진 이곳의 친구들은 모른다.

　　친구는 멈추지 않는 버스를 타고 세계 끝까지 간다고 했다.
　　어딘가에 내려야 한다는 건 슬픈 일이잖아,
　　친구는 용감했다.
　　중간에 내리는 일이 나쁠 것이라고 생각해서 그런 건 아냐,

친구는 친절했다.

모든 건 지나가야 한다.
꽃이 피었지만 이제
봄이 와도 오지 않는 것도 있다.

　　　　　　　　　　　　　　——「이것 또한 지나가리라고」에서

　"생을 아는 것"은 "오래 살아 있"는 일과는 관련이 없
다. 오히려 사람은 오래 살아 있을수록 "같은 생각에 빠져
헤어 나오지 못"하고 같은 오류와 고정관념을 반복한다.
시 속에서 "친구들"은 '커피'처럼 사소하고 일차원적인 것
에 빠져 자기 자신과 삶을 회피하거나 상실하고 있다. 그
들 중에서 "멈추지 않는 버스를 타고 세계 끝까지 가"겠다
는 패기만만한 친구도 다르지 않은데, 그는 "어딘가에 내
려야 하"는 "슬픈 일"로 지칭된 삶의 이면과 깊이를 생각하
지 않는다/못한다. "모든 건 지나가야 한다."라는 이 시의
전언은 삶과 자기 자신으로부터 유리된 사람들을 향한다.
모든 것은 무상하게 지나간다는 우주의 섭리를, 여태천은
굳어진 자아와 생각에 고착된 사람들에 대한 연민의 뜻으
로 전유한다.

알 수 없는 어딘가에서 알 수 없는 어딘가로
하지만 모두가 안다고 생각하는 길

인연을 버리고 도망치듯 떠나온 이가

다시 돌아갈 수 없을 만큼 와서 끝내 되돌아가는 필연의
길이라면

짐작조차 못 하는 생각의 무게가 다리 위에 있겠지.

아무렴 그래야지, 생각하는데

전화벨이 울린다.

　　　　　──「한강 철교─최정례의 「개미와 한강 다리」에 부쳐」에서

　"모두"가 "알 수 없는 어딘가에서 알 수 없는 어딘가
로" 가면서도, 자신이 "안다고 생각하는 길"을 가고 있(다
고 믿)는 것. 역설적이게도 우리의 삶을 이끄는 힘은 삶에
대한 무지이며, 무지에 대한 더 큰 무지와 안다는 착각이
다. 이 허상의 힘으로 인간은 닿을 수 없는 목적지를 향
해 간다. 때문에, "인연을 버리고 도망치듯 떠나온 이"는
"다시 돌아갈 수 없을 만큼 와서 끝내 되돌아가는 필연의
길" 앞에 선다. 불가능함에도 포기할 수 없는 이 귀환은
죽음과 삶 전체를 한꺼번에 성찰하게 한다. 몇 해 전 작
고한 최정례의 시에 기대어 여태천은 온갖 생각이 일어나
고 스러지는 '다리' 위에서 한 사람이 삶의 끝에서 짊어졌
을, 자신이 "짐작조차 못 하는 생각의 무게"를 가늠해 본
다. 시 「개미와 한강 다리」에서 최정례는 "거의 없는 것"인
"존재의 무게"와 "생각의 무게"가 세상을 "아주 약간"이라도
움직이게 한다고 썼다. "존재의 무게가 거의 없는 것이, 생

각의 무게 같은 것이 지나간다. 방금 한강 다리가 아주 약간 휘청했다." 여태천은 자신이 "짐작조차 못 하는 생각의 무게"를 견뎌낸 사람을 애도하며, '생각'의 힘이 세상의 변화와 사람들의 삶은 물론 죽음에도 관여할 수 있음을 헤아린다. 사람들이 "생각 때문에 죽기도" 한다면, 이 생각은 그 자체로 하나의 질병이다. 3부에서 여태천은 '질병으로서의 생각'에 대해 다룬다.

4 갖가지 포비아, 살아나감의 흔적들

포비아(phobia)의 의학적 정의는 "불안 장애의 한 유형으로, 예상치 못한 특정한 상황이나 활동, 대상에 대해서 공포심을 느껴 높은 강도의 두려움과 불쾌감으로 인해 그 상황을 피하려는 것"을 말한다. 포비아는 외부 세계에 대한 반응과 내면화가 '두려움'에 집중된 '생각(마음)'의 문제로, 초연결 속의 고립과 무한경쟁 속의 생존 위협에 시달리는 현대인에게 널리 퍼진 병증이기도 하다. "생각보다 많은 일을 해야만 하"는 세상에서 "마음을 따라잡으려면 얼마나 빨리 달려야하는 걸까?"(「포비아—패밀리」) 같은 자리를 공회전하기 위해 점점 더 빨리 달려야 하는 현대의 자기 파괴적인 삶의 방식은 사람들에게 갖가지 포비아로 각인된다. 강요된 규칙과 속도를 이기지 못하고 아웃된 이들은 집으로 돌아오지 못하고, 돌아오지 못한 이들의 빈 자리를 품은 '집'은 묘지와 지옥이 된다.

손톱을 깎다가 손거스러미를 그냥 두는 것처럼
남겨지는 시간이 있다.

내일이면 한 번 지나가면 다시
돌아오지 않을 어제가 온다.

봄이 오고
집을 부수고 나갔던 아버지가 돌아오고
시집갔던 누이가 그믐 같은 낯빛으로 돌아오고
포수의 미트에서 투수의 글러브로 흰 공이
포물선을 그리며 돌아올 것이다.

트레이드된 선수를 다시 불러들이는 일
모든 집에는 떠난 이를 위한 자리가 있다.

봄이 가고
돌아오지 못한 것들은
남겨진 이들에겐 어둠이다.

　　　　　　　　　　　　　　　　　—「포비아—망각」

순환하는 사계절의 시작인 '봄'은 떠난 이들이 "돌아올 것"을 기대하게 한다. 그러나 봄이 가고 돌아오지 못한 것들은 '어둠'이 되어 "남겨진 이들"의 마음에 자리 잡는다. "남겨진 이들"은 '집'으로 돌아오는 삶-야구 경기에 계속 (아직) 참여하는 사람들이며, "돌아오지 못한 것들"을 내면의 '어둠'으로 품고 자신의 운명을 예감하는 사람들이다.

　　누군가 우리 영혼을 끄려 하네.

　　　　　　　　　　　　　　　　　　—「포비아—에니그마」에서

"영혼이 사라진다는 것에 대해 생각"(「포비아—에니그마」)하는 일에서 탄생한 여태천의 '포비아' 연작은 자기 자신과 멀어져 삶의 궤도를 돌고 있는 이들의 피로하고 삭막한 내면을 진술한다. 포비아의 기원은 영혼을 상실한 '나'의 내적 분열이 투사된 세계와의 불화에 있다. 여태천은 여기에 역사적 맥락과 정신분석학적 맥락을 곁들인다. 시 「포비아—패밀리」에서 여태천은 새벽의 편의점을 떠나며 사할린으로 강제 이주당한 고려인의 운명을 잠시 살아내고("컵라면 국물을 마시고/ 할아버지의 사할린 같은/ 새벽 두 시의 훼미리마트를 떠났다./ 영혼이 따라올 수 없는 곳으로"), 시 「포비아—그림자」에서는 오이디푸스 서사를 차용해 아버지(의 질서)를 벗어나고 싶은 아들의 애증과 두려움을 몸에서 떼어낼 수 없는 '그림자'로 체감한다.

잊었니? 우리 한 몸 한마음이잖아. (……) 해가 뉘엿해질 때까지 아들과 아버지는 납작한 집들과 묘지 사이를 배회하며 옥신각신했다. 그만 따라오세요. 아들아 나도 어쩔 도리가 없구나.

(……) 아들은 얇아질 대로 얇아진 아버지를 주섬주섬 주워 담아 가방에 집어넣고는 고아처럼 길 위에 서 있었다.

———「포비아─그림자」에서

도시의 "납작한 집들과 묘지 사이"에서 아버지와 아들은 분리도 연대도 불가능한 관계 속에서 각자의 불안과 고립에 처한다.

두려움 때문에 당신은 있다.
두렵지 않았다면 당신은 없는 것과 같을 것이다.

입을 부풀리는 개구리처럼
하악질하는 고양이처럼
눈을 부릅뜨고

두려움 때문에 아무도 만나지 않지만
두려움 때문에 혼자 중얼거리는
당신이 있다.

그 사실이 두려워 누구를 만나야겠다고 생각을 하지만
두려움 때문에 그러지 못하는 소심한
당신이 있다.

당신은 매일 아침 두려움을 벗어나려 애쓰고
당신은 매일 저녁 두려움에 대해 쓴다.
놀랍도록 당신은 무섭게 쓴다.
쓰는 동안 당신은 무서움이 된다.
늦은 밤 쓰기를 멈추고 화들짝 놀라는
당신이 있다.
정말 저 무서움을 내가 썼단 말인가 하고 깜짝 놀라는
당신이 있다.

당신은 놀라움을 위해 또 쓴다.
놀라움을 기대하며 쓰는 내내
또 그만 두려워지고 마는
당신이 있다.

언제 터질지 모르는 당신이
밤마다 두려움을 부여잡고 쓰고 있다.

─「포비아─있다」

'두려움'은 사람을 죽일 수 있는 생각이라는 질병의 요

체다. 뇌과학에서는 "감정의 실체는 '부정적 감정' 단 하나 뿐이고, 그것의 본질은 '두려움(불안감 혹은 공포)' 하나뿐"이기에 "모든 감정의 본질은 두려움이다."*라고 설명한다. 두려움은 인간이 생존 모드에 있을 때 느끼는 감정이자, 그 감정을 각자 자의적으로 증폭하는 생각의 구성 방식이다. 여태천은 이 시에서 '두려움'을 존재의 역설적인 근거이자, 시 쓰기의 아이러니한 동력으로 삼는다. 그가 '당신'을 주어로 택한 것은 두려움 때문에 살아 '있고' "쓰고 있"는 자신을 객관적으로 바라보기 위해서일 것이다. 이 거리두기를 통해 여태천은 '두려운 나'가 '있는 나'와 '쓰는 나'의 기묘한 기반임을 인식하는 더 근원적인 '나'를 시에 기록한다. 직접 지칭하거나 서술하지 않으면서, 텅 빈 공(空)의 형태로. 두려움 때문에 아슬아슬하게 (살아) 있고 무섭게 쓰면서 "언제 터질지 모르는 당신"을 바라보는, 이 시에 숨어 있으면서도 훤히 드러나 있는 '나'는 여태천이 생각의 구성물인 '나'로부터 물러나 다른 삶의 공간을 바로 자기 자신 속에서 찾기 시작했음을 보여 준다. "마음의 흐름 속에서 어떤 틈새를 만들 때마다 의식의 빛은 점점 더 밝아지"**며, "깨달음이란 생각의 사슬에서 벗어나는 것"***

* 김주환, 『내면소통』(인플루엔셜, 2023), 402~403쪽.
** 에크하르트 톨레, 노혜숙·유영일 옮김, 『지금 이 순간을 살아라』(양문, 2001), 40쪽.
*** 앞의 책, 41쪽.

이다. 환언하면, 여태천의 「포비아」 연작은 "자신이 누군지 아는 사람"에 대한 열망의 산물이며, 그 앎을 위한 마음의 틈새를 만드는 일의 부산물이다.

　　과도한 두려움의 감정-생각에서 비롯된 질병인 "불안장애, 공황장애, 트라우마, 우울증, 불면증 등의 공통된 특징은 내가 '나 자신으로부터 단절(disconnection from the self)'되었다는 데 있다."* '나 자신'(배경자아)과 단절된 '나'(경험자아와 기억자아)를 알아차리는 일을 일반적으로는 '명상', 뇌과학에서는 '자기참조과정(self-referential processing)'이라고 부르는데, 현상적인 '나'를 관찰하며 본질적인 '나 자신'으로 돌아가는 존재론적인 작업이 그 핵심을 이룬다. "배경자아는 그저 텅 비어 있고 고요하다. 그래서 평온하고 온전하다. 생각, 감정, 경험, 기억, 행위 등은 모두 경험자아와 기억자아가 일으키는 일종의 소음이다."** 이분법을 감수하자면 여태천은 이 시집에서 그 많은 생각에 사로잡힌 '나(들)'에서 그 '나(들)'을 응시하는 텅 빈 '나 자신'으로 돌아가는 여정을 본격화한다. 그는 본래의 나 자신이야말로 우리가 돌아가야 할 '집'이며, '집 없는 집' 즉 공(空)의 형상을 한 집이라고 이야기하는 듯하다.

* 김주환, 앞의 책, 459쪽.
** 앞의 책, 17~18쪽.

「포비아―이웃」에서 여태천은 그 사람-집의 모델을 지난 시대의 '전화 부스'를 통해 예시한다. 사람들이 "좁지만 투명해서 훤히 들여다보이는 게 참 다행이라고" 생각했던 "전화 부스"와, 그들이 "가난도 원한도 버리고/ 외로움도 무서움도 잊고" "전화 부스로 들어가/ 별이 되었다는 소문"은 다시는 돌아올 수 없는 아름다운 옛 시절에 대한 추억을 불러일으킨다. 그런데 이 시의 초점은 과거를 미화하고 기리는 것이 아니라, "별세계가 따로 있는 건 아니라는 걸, 모두 다 밥을 먹고 똥을 싸야 사는 어리숙한 사람이라는 걸" 강조하는 데 있다. "별세계"란 "모두 다 밥을 먹고 똥을 싸야 사는 어리숙한 사람들"이 "투명해서 훤히 들여다보이는" 마음을 공유하며 '나 자신'으로 살아가는 곳이다. 어디에 있든 삶의 유일한 장소인 이곳에서 '나 자신'이라는 '집 없는 집'으로 끊임없이 돌아가는 것, 실은 한 번도 떠난 적이 없고 이미 내면 깊이 갖고 있으나 알아차리지 못했던 것. 여태천은 '희망'이 다른 어디로 가는 일이 아니라 지금 여기에 온전히 머무르는 일이며, 바로 앞이나 옆으로 "손을 뻗어" "모르는 얼굴"인 "너"를 "천천히 어루만지"는 일이라고 노래한다. 나 자신과 깊이 연결되어 있는 너를, 나 자신의 다른(새로운) 얼굴인 너를 조금은 두려워하며 온전히 받아들이는 일.

　흰 길고양이가 순식간에 눈앞을 지나갔다.

얼마나 오래 걸릴까?

뭐가?

흰 고양이가 검은 고양이가 되려면 우주적인 사랑이 필요
하겠지.

근데 우리 어디로 가?

아랍어 같은 말투로 너는 말했다.

글쎄 우선 여기서 좀 쉬자.

(······)

미안해

어디도 갈 수 없을 것 같아.

손을 뻗어 너의 검은 눈을 천천히 어루만졌다.

모르는 얼굴이었다.

—「포비아—희망」에서

생각이 인간을 죽게 할 수 있다면, 생각은 또한 인간을
살게 할 수도 있다. 여태천은 이 시집에서 온갖 생각과 사
람들, 포비아들을 거쳐 "우주적인 사랑"을 시집의 마지막
페이지에 살며시 적어둔다. 전통적인 종교들은 물론 현대
의 뇌과학과 양자물리학에 이르기까지 인류의 다양한 앎

의 체제가 공통적으로 강조하는 바는 우주의 모든 존재
는 매우 정교하게 연결되어 함께 움직이고 있다는 것이
다. 손을 뻗는 일은 이 연결성에 극히 미미한 파동을 일
으키겠지만, 그 파동은 결국 우주 전체에 퍼져 나갈 것이
다. 여태천의 '희망'은 포비아를 제거하는 것이 아니라 여
기 살아 있고 시를 쓰는 창조적인 에너지로 포비아를 변
환함으로써 생겨난다. 그러니 "어디도 갈 수 없을 것 같"아
도 문제될 것은 없다. 지금 이곳에서 여태천은 '나 자신'으
로 끊임없이 돌아감으로써 삶을 바꾸고 세계를 변화시킬
가능성을 빚어내고 있기 때문이다.

안태운(시인)

이 글자들은 어디서 왔을까. 그것이 궁금했다. 문득 걸어 나와서 존재하는 듯한, 살아 있는 사람으로부터가 아니라, 그저 글자로서 그 자체로 움직이고 있는 듯한. 흡사 영혼의 몸 같은 걸 읽으면서는, 그 글자들이 또각또각 집으로 들어오는 듯도 하고 집인지 집 아닌지 헤매는 듯도 하고 결국 그 집을 그 자체로 놓아두기 위하여 일부러 집을 떠나는 듯도 하다. 그러니까 그대로 두기 위하여. 나는 이 시집을 안개의 처음과 끝처럼 느낀다. 만졌다가 만질 수 없음으로 퍼져 나가는, 만질 수 없다가 만짐으로 머물러 있는. 그리하여 불현듯 되울리는 안개의 말이라고, 되울리는 솜의 말이라고. "친구여, 잠깐만." "친구여, 잠깐만." 나는 둥둥 떠 있다가 이어지는 그 호명의 생각 속으로 천

천히 들어가 볼 수 있었다. 그것이 흘러가도록 나를 그대
로 둘 수도 있었다.

지은이 **여태천**

2000년 《문학사상》으로 작품 활동을 시작했다. 시집 『국외자들』
『스윙』 『저렇게 오렌지는 익어 가고』 『감히 슬프지 않을 수
있겠습니까?』가 있다. 김수영 문학상, 편운문학상 등을 수상했다.
동덕여자대학교 국어국문학전공 교수로 재직 중이다.

집 없는 집

1판 1쇄 찍음 2025년 4월 25일
1판 1쇄 펴냄 2025년 5월 9일

지은이 여태천
발행인 박근섭, 박상준
펴낸곳 (주)민음사

출판등록 1966. 5. 19. (제16-490호)
서울특별시 강남구 도산대로1길 62(신사동)
강남출판문화센터 5층 (06027)
대표전화 02-515-2000 / 팩시밀리 02-515-2007
www.minumsa.com

ⓒ 여태천, 2025. Printed in Seoul, Korea

ISBN 978-89-374-0952-3 (04810)
      978-89-374-0802-1 (세트)

• 이 책은 2022년도 동덕여자대학교 연구년 제도 지원에 의하여
  수행되었습니다.
• 잘못 만들어진 책은 구입처에서 교환해 드립니다.

민음의 시

목록